ÉLÉGIES

SUR LA MORT DE CHARLES X,

DÉDIÉES

A M. le Vicomte De Conny.

> . . . . Quis talia fando
>
> . . . .
>
> Temperet à lacrymis?

PRIX : 60 centimes.

A MOULINS,

Chez PLACE-BUJON, Imprimeur-Libraire, rue des
Grenouilles, n° 11.

PREMIÈRE ÉLÉGIE.

Le Sacre et l'Exil.

Puis-je te faire entendre un chant de vérité ?
Permets-tu que ma voix rappelle à ta mémoire,
France, les monumens et les faits de ta gloire ?
Souviens-toi, souviens-toi de l'antique cité,
Où jadis, héritant de leur pouvoir suprême,
Tes Rois ceignaient leur front du sacré diadème ;
Prononçaient leurs sermens, et proclamaient leurs droits,
Au nom de l'Éternel, par qui règnent les Rois.
C'est là que remplissant le vœu de sa conquête,
Sous le joug de la foi, Clovis courba sa tête ;
Que monarque et chrétien, il reçut à la fois,
Dans ses royales mains, et le sceptre et la croix.
Et c'est là que plus tard la bergère héroïne,
Accomplissant enfin sa mission divine,
Sous le glaive et parmi cent remparts reconquis,
Alla rendre à son Roi sa couronne et ses lis.

Mais, ô Muse, interromps le récit de ces fêtes ;
Cache-moi le dernier de ces jours solennels ;
Ferme ce temple saint, et voile ces autels,
Qu'à l'œil de l'affligé, leurs pompes soient soustraites.
Cet or et cet argent, ces lustres, ces flambeaux,
Cette pourpre et ces fleurs, ces lis et ces drapeaux,
Hélas ! ne sont-ils pas étrangers à mes maux ?
Que me font ces guerriers, ces marches triomphantes,
De mille accents joyeux les voûtes résonnantes,

De tous côtés, au loin, leurs cris victorieux;
Ces coursiers écumans, et ces chars orgueilleux,
Qui roulent dans les flots d'un peuple qui se presse,
A payer son tribut d'amour et d'alégresse?
Mais qu'entends-je? Quel nom porté jusques aux cieux?
Charles dix! et qu'il règne, et qu'il vive! Ah! grands dieux!
Quels hypocrites vœux! Quelles voix mensongères!
Qui donc a sur sa tête assemblé ces misères?
Ces maux sur cet heureux, sur ce Roi proclamé,
Ces haines sur celui qu'on nomma bien-aimé?

Souverain malheureux, devant tes infortunes,
Que tes prospérités me semblent importunes!
Superbe Reims, en paix laisse couler mes pleurs,
Laisse-moi, de mon Roi, méditer les malheurs,
Et tandis que mon âme au chagrin est en proie,
Eloigne de mes yeux tes spectacles de joie:
En vain, pour l'honorer, cent seigneurs rassemblés,
Et devant les autels vingt prélats appelés,
De la terre et du ciel ont fait un assemblage,
Nos larmes aujourd'hui lui font tout son hommage.
Deux maux depuis ce jour ont opprimé son sort,
Et brisé ses vieux ans, l'exil et puis la mort:
Mais non, c'est l'exil seul; la mort lui fut amère,
Parce qu'il la goûta sur la terre étrangère.

Prélats, revêtez donc vos ornemens de deuil,
Vous qui l'avez fait Roi, recevez son cercueil;
Plongez l'ancien éclat dans le sein des ténèbres:
Des drapeaux de la mort, et de crêpes funèbres,
Couvrez les saints autels qui reçurent ce Roi!.....
Que dis-je? ai-je oublié l'irrévocable loi?.....

La France ne veut plus lever son anathême,
Et lorsque le trépas a plongé dans l'oubli,
L'objet de son courroux avec son rang suprême,
Avec lui son courroux n'est point enseveli !

Dans ce temple, où jadis les saintes mains des anges,
Portaient son nom royal au Monarque des cieux,
Au milieu des concerts ; des vœux et des louanges,
Dont l'entourait son peuple en ses transports pieux,
Un seul vœu pour son âme, un seul chant sur sa cendre ;
Au juge souverain ne peut se faire entendre !
Et sur le sol Français, l'exilé, pour son corps,
N'aura pas même, hélas ! le partage des morts.

DEUXIÈME ÉLÉGIE.

L'Empereur et le Roi.

O vanité! néant! misère inconcevable!
O jugemens de Dieu! justice redoutable!
Il est mort dans l'exil!.... Naguère un Empereur,
Que poussait au tombeau la fortune en fureur,
Perdit les grands destins qu'il s'était faits au monde,
Et son vainqueur, comblant sa misère profonde,
Jeta, pour y mourir, sur des rochers déserts,
Celui dont les désirs dévoraient l'univers :
Ce souverain devait expier un grand crime ;
Son glaive avait noyé la terre dans son sang,
Et voulant à ses Dieux arracher l'Océan,
Aux pieds de ces Dieux même il tomba leur victime.
Mais toi, de cent aïeux héritier légitime,
Dont l'honneur outragé seul a troublé ta paix,
Dont je sais les erreurs, et non pas les forfaits,
Quel coup pareil au sien renversa ton empire?
Pareil au sien! que dis-je? Ah! que ton sort fut pire!
Le fidèle guerrier, le sujet disputait
L'aigle que l'étranger sous ses coups abattait ;
Mais quel peuple, ô mon Roi, te déclarant la guerre,
Sous ses pieds a foulé tes lis dans la poussière?
Quel bras a déchiré tes brillans étendards,
Quand ta main les plantait sur de lointains remparts?
L'ambition du sang dans un trop juste abîme
Plongea le conquérant : mais ton cœur magnanime

Du bonheur des Français ne fut qu'ambitieux.
Ta bienveillance, hélas! te rendit odieux,
Et de ton amour seul ta perte fut l'ouvrage!.....
Son amour!.... Oui, ma voix ose le publier,
Et sa vie et sa mort me sont en témoignage :
Tes plus grands torts, à toi, furent de le nier,
O Français, l'exilé du martyr est le frère ;
A tous deux de ton sang une goutte fut chère :
Charles versant aussi tout le sien sous tes coups,
Eût su, pour te sauver, s'offrir à ton courroux !

TROISIÈME ÉLÉGIE.

Le Retour, la Fidélité, l'Honneur.

Que la coupe des Rois renferme d'amertume !
O toi, dont l'existence en l'oubli se consume,
Indigent, garde-toi d'envier leurs grandeurs :
Ton œil n'en aperçoit que les fausses splendeurs.
Mais tire-les un peu de leur cour enivrante ;
Soulève un peu du coin cette pourpre éclatante,
Ce vain luxe qui cache à tes yeux ce qu'ils sont,
Et vois, pendant que l'or resplendit sur leur front,
Vois un ver dévorant se glisser à leur âme :
Que de fois sous un dard leur visage se pâme !
Ah ! quel sort rigoureux, quels destins inouïs,
Chez nous ont ramené les fils de Saint-Louis !
N'était-ce pas assez des antiques tempêtes ?
Ne suffisait-il pas que naguère un bourreau,
Au sang royal et pur consacrant son couteau,
De leur famille auguste eût atteint quatre têtes ?
Eux, qu'avaient dispersés les mêmes ouragans,
Aux toits hospitaliers, protecteurs de l'orage,
Qui vint les arracher, après deux fois douze ans,
Pour les remettre en proie aux écueils, au naufrage.
Que ne nous laissaient-ils notre calice amer,
Nos tyrans, nos fléaux, et notre joug de fer.
    Et quand les Rois voyant l'orgueil de notre ville,
Et du sceptre français la tâche difficile,
Cherchaient, pour le porter, une main forte, habile,

Ils repoussaient Louis, qu'ils ne connaissaient pas.
Et de Charles plus jeune ils désignaient le bras;
Mais de droits consacrés observateur sévère,
D'Artois tomba soudain aux genoux de son frère,
Et calmant de ce coup le sanglant déplaisir :
» Je ne vous ferai pas, lui dit-il, cette injure,
» Jamais de votre trône un coupable désir,
» Ne me fera troubler l'ordre de la nature.
» Recevez mes sermens, régnez, soyez mon Roi;
» Vous n'aurez point d'ami plus fidèle que moi.
Hélas! que lui servit de fuir le rang suprême?
Il devait à son tour goûter le diadême;
Dans les soucis des Rois devaient vieillir ses jours,
Puis, tombant dans l'opprobre, y terminer leur cours.
Mais qu'entends-je? une voix, delà les mers, m'arrête,
Et dit : le Roi puissant, qui me donna des fers,
Devait garder son trône au prix de sa conquête.
Qu'importe? Je le sais : mais son sang et son cœur
Etaient du Roi qui sut tout perdre, hormis l'honneur.
Du Trident partagé, ta main jalouse, avide,
Confirme cette voix, ô puissance perfide :
Oui, si quelque cité se fut livrée à toi,
Dans le Louvre eût Paris laissé mourir son Roi.

QUATRIÈME ÉLÉGIE.

La Fête, la Mort, le Jugement.

Le mal l'opprime, il meurt! Approchez de sa couche,
Ô vous, sensibles cœurs, que l'infortune touche.
Mais quel désir vous pousse, habitans de Gorits?
Pour qui tous ces honneurs, ces roses et ces lis?
Ah ! cessez vos apprêts, interrompez ces fêtes;
Vos couronnes de fleurs tomberont de vos têtes,
Au bruit de vos canons, à vos joyeux accords,
Vos cloches vont bientôt unir le glas des morts.
Celui que vous aimez, l'objet de votre joie,
Sur un lit de douleurs, de la mort est la proie :
Aux vœux d'enfans chéris, vous, qui mêliez vos chants,
Allez mêler vos pleurs à leurs gémissemens.

Le noble voyageur termine sa carrière,
Le temps a de ses jours consumé le flambeau;
Quatre-vingts ans au monde il donna sa lumière,
Et jette, en s'éteignant, un éclat tout nouveau.
Venez, ne craignez point le vain faste d'un trône,
L'appareil dont tout sceptre ici-bas s'environne;
Un arrêt, devançant le trépas sur son seuil,
Avant lui dès long-temps en abattit l'orgueil.
Ce n'est plus à ses pieds que pousse la fortune
Ses avides cliens; la présence importune
D'un flatteur empressé, par l'intérêt conduit,
Ne vous gênera pas : il n'est là, pour tout bruit,
Que d'un prélat pieux la parole sacrée,
Et les vœux, les soupirs d'une femme éplorée,

Tandis que de leurs pleurs, un fils et deux enfans
Du père qui se meurt baignent les cheveux blancs.

    Et si quelque Français, en de lointains voyages,
À cette heure fatale, errait dans ces parages,
Qu'un moment vers son prince, il détourne ses pas :
Que le mal qu'il lui fit ne l'intimide pas ;
L'outrage est oublié, que lui-même l'entende :
Quand, son Dieu dans les mains, un prêtre au Roi demande,
Au nom du sang divin qui coula pour nos maux,
Du Christ qui, sur la croix, pria pour ses bourreaux,
S'il aime son prochain, et ne laisse à personne
Sa haine, un anathême, il répond : je pardonne
» À tous ceux que j'ai vus contre moi conjurés,
» Et surtout aux sujets qui ne sont qu'égarés.
» J'aime, j'aime la France, et laisse à ma patrie
» Mon cœur, et de mon fils l'espérance chérie.
Et l'auguste vieillard, en prononçant ces mots,
Tranquillement entra dans l'éternel repos.

    Devant son tribunal Dieu l'appelle, silence !
Nous ignorons quel poids Dieu pose en sa balance ;
Mais je vois ce qu'y met mon Roi de son côté :
Un cœur sensible et doux, et plein de vérité,
Un esprit droit et pur, et ferme en l'équité.
Sur le trône, toujours sans fiel, sans artifice,
Il assit avec lui l'amour et la justice ;
Et quand il fut tombé sous la proscription,
Il nous fit admirer sa résignation :
Il quitta sans regrets le Louvre et l'opulence,
Embrassa sans douleur l'exil et l'indigence ;
Et tandis qu'il laissa son peuple dans la paix,
Et ses parens heureux, riches de ses bienfaits,

Lui, des cœurs innocens se réservant les charmes,
Du chrétien pénitent ne versa que les larmes.
Et pour combler enfin tous les titres heureux,
Auxquels tu nous promis le royaume des cieux,
Toi, qui vois dans les cœurs, toi qui peux tout connaître,
O mon Dieu, pour ta gloire ajoute ses travaux,
Joins encor à sa part les haines et les maux ;
Que son amour pour toi lui mérita peut-être.

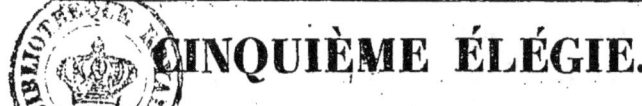

CINQUIÈME ÉLÉGIE.

Les Funérailles.

L'âme s'est envolée, au ciel elle appartient :
Vous, terre, vous, mortels, à qui son corps revient,
Rangez autour de lui des flambeaux funéraires,
Tendez tous vos lambris de voiles mortuaires.
O vous, qui de son cœur avez si bien joui,
Amis, sur son cercueil venez prier pour lui ;
Et vous, qu'il soulageait de sa voix consolante,
Vous, auxquels il tendait une main bienfaisante,
Par la reconnaissance à son tombeau conduits,
Pour le pleurer, quittez un moment vos réduits,
Tandis qu'en tous les lieux au sein des sanctuaires,
La piété pour lui va porter ses prières.
Mais qu'aveuglés, ingrats, de superbes sujets,
Méconnaissant encor son amour, ses bienfaits,
En aient en vain reçu des lauriers de victoire,
D'utiles monumens, des souvenirs de gloire :
Avant d'en réclamer des larmes, pour les soins,
Les veilles, les vertus, dont ils furent témoins,
Attendons que le feu de leur colère passe.
A nos juges le temps fait aussi son procès,
Devant son tribunal il cite leurs arrêts,
Et souvent leur coupable à ses yeux obtient grâce.
Qu'ainsi, juges, témoins, laissent dans son trépas
Dormir le condamné, mais ne le pleurent pas ;
Que même, s'il se peut, ils perdent sa mémoire,
Et ne laissent de lui parler que leur histoire.

Mais toi, son cher Henri, ne retiens pas tes pleurs,
Abandonne ton âme à de justes douleurs ;
Pauvre enfant, orphelin dès le sein de ta mère,
Tes regards au berceau cherchaient en vain ton père ;
Et quand d'un père encor ton enfance a besoin,
Le Très-Haut qui t'éprouve, enlève à ta tendresse
Le dernier dont l'amour te prodiguait son soin.
Et vous, dans votre cœur rappelez la tristesse,
A vos chagrins voici des alimens nouveaux :
Madame, du destin les sanglantes injures,
Sans cesse ont arraché le baume et les bandeaux,
Que le temps essayait de mettre à vos blessures.

SIXIÈME ÉLÉGIE.

L'Espérance, le Désir, le Ciel.

Voilà donc le premier des fils de Saint-Louis,
Dont l'exil sépara le trône de la tombe:
C'en est fait, des beaux droits, qui nous l'avaient transmis,
Après quarante Rois, l'Empire en lui succombe.
Et que laisse-t-il donc un faible rejeton,
Pour traîner dans l'exil sa misère et son nom ?
Qui lui donne l'espoir que sera réparée
La chaîne qu'a rompue une main enivrée ?
Mais silence ! attendons que soit formé l'anneau,
Que Dieu produit lui-même, et marque de son sceau ;
Et si sur un cercueil aujourd'hui je soupire,
La joie, un jour peut-être, accordera ma lyre.
  Cependant dût ma voix au plus long avenir,
O mon Roi, de ton nom porter le souvenir.
Ce n'est pas que ton cœur n'implore et ne réclame
Nul penser des mortels : que t'importait leur blâme,
Quand, sur la terre encor, tes jours infortunés
Au milieu d'eux coulaient, proscrits, abandonnés ?
Tu tournas tes regards vers le Dieu des clémences,
Qui, pour les soulager, et porter leurs souffrances,
Appelle dans ses bras ses enfans malheureux :
Déposant tes douleurs en son cœur amoureux,
Tu sus du Tout-Puissant remplir ta solitude,
Et la mort ne te vit d'autre sollicitude,
Que d'entrer dans sa joie et son repos sans fin.
  Un désir cependant l'a suivi dans leur sein,

Pardonne-le ; Français, d'oser le faire entendre,
C'est qu'au moins, sous ton ciel, tu rappelles sa cendre.
Mais quel aveugle amour lui fit former ces vœux ?
Ne lui souvint-il pas des fureurs, des ravages,
Qui dans leur saint repos troublèrent ses aïeux ?
Notre ciel en courroux n'aura-t-il plus d'orage ?
Ne craint-il pas qu'un jour un sicaire inhumain,
Poussant jusques aux morts ses vengeances funestes ;
Ne brise son cercueil, et d'une impure main,
Ne prodigue l'insulte à ses augustes restes ?
Prince, attends dans l'exil ton glorieux réveil ;
Le sol de l'étranger gardera mieux ta tombe,
Et si sur nous un jour une autre foudre tombe,
Ses fureurs passeront sans troubler ton sommeil.

Oublie, oublie aux cieux ta patrie éphémère ;
Ses durs ressentimens, et sa longue colère,
Et ne l'accuse pas : de l'Éternel sur nous ;
Garde-toi d'invoquer le trop juste courroux....
Mais où vais-je ? J'insulte à ton âme sublime ;
Sous le poids du malheur généreuse victime ;
Tu ne connus jamais que pardon et qu'amour ;
Et comme sur la terre, au céleste séjour,
Loin d'armer contre nous la divine vengeance,
Sans cesse tu prieras le Très-Haut pour la FRANCE.

ÉLÉGIE ALLÉGORIQUE.

Légitimité, Vieille-France.

Quand, mêlant sa fraîcheur aux clartés de la lune,
La nuit chasse du jour la chaleur importune,
Qu'il m'est doux d'échanger les champs pour la maison
Dont les feux de juillet me font une prison !

De la corvée, un jour, en son humble demeure,
Un pauvre villageois retournait à cette heure :
Un cheval, épuisé de fatigues et d'ans,
A ses côtés traînait sa voiture à pas lents.

Jadis, au champ d'honneur, compagnon de sa gloire,
Ce cheval le portait au sein de la victoire :
Il avait part alors au prix de sa valeur,
Il partage aujourd'hui sa peine et son malheur.

Des mains de ses rivaux, où des pièges du traître,
Jadis, dans les combats, il arrachait son maître ;
Dans le village encor il sauve le soldat,
Et nourrit ses vieux jours par son char et son bât.

Mais le guerrier de pleurs arrosait la poussière,
Tantôt semblait au ciel adresser sa prière ;
Et tantôt de sa main flattant son compagnon,
Lui tenait ce discours dans son émotion.

» Oui le ciel prend pitié de ma grande misère :
» Pour soulager mes maux il étend ta carrière.
» Six lustres sur ton front ont imprimé leur sceau,
» Et tes pieds n'ont jamais fléchi sous le fardeau.

» Mais je n'ai plus de foin ; l'ardeur consume l'herbe,
» Plus que les ans la peine éteint ton œil superbe :
» Hélas ! tu ne saurais toujours vivre et souffrir ;
» Infortuné, bientôt je te verrai mourir.

» Ce jour enfin mettra le comble à mes souffrances,
» Ce coup renversera toutes mes espérances ;
» Juste ciel, tu nous fais ensemble malheureux,
» Ensemble fais-nous donc succomber tous les deux.

» Que ne sommes-nous morts sur le champ de bataille,
» Par la lance ennemie, au feu de la mitraille,
» Alors que je brillais parmi tous les guerriers,
» Et toi que tu passais les plus ardens coursiers !

Il se tut. Tout était calmé dans la nature :
Les soupirs du guerrier, le cri de la voiture,
Et des pas du cheval le monotone bruit,
Retentissant au loin, s'isolaient dans la nuit.

Mais, hélas ! sans pitié, la mort cette nuit même,
Vint du noble animal sonner l'heure suprême.
À cet affreux aspect, le matin, le vieillard
Brisa dans sa douleur son inutile char.

En vain, le consolant, un ami charitable,
Lui conduit un coursier, choisi dans son étable :
Il était jeune, ardent, superbe, vigoureux ;
Mais il ne convint pas au villageois trop vieux.

» Non, ma main, lui dit-il, n'en peut flatter un autre,
» Je ne connaîtrais point les caprices du vôtre.
» Laissez, le mien n'est plus, je vais suivre son sort.
Et quelques jours après, l'on dit qu'il était mort.

MOULINS, IMPRIMERIE DESPLACES BUJON.

ERRATA.

Page 16, ligne 14, *au lieu de* victoire, *lisez* voiture.

www.ingramcontent.com/pod-product-compliance
Lightning Source LLC
Chambersburg PA
CBHW061525170626
46811CB00004B/1840